Edition
Mandarava

Aus dem Herzen einer
Einsiedlerin

Edition Mandarava
im Sequoyah Verlag

„Verlagshaus zum Wohle aller fühlenden Wesen"
Kalligraphie von S.H. dem XVII. Karmapa Urgyen Trinley Dorje

Aus dem Herzen einer
Einsiedlerin

Bilder eines einfachen Lebens

Elisabeth Barth

für Ute Karin
und Brigitte
von Herzen [illegible] 2020

Edition
Mandarava

Unser Dank
an Yuna und Taisha,
den zwei jugendlichen Dakinis,
die mit den Tasten tanzten
und Elisabeth Barth's Gedichte
in den digitalen Raum woben,
von dem aus sie sich als dieses Buch
manifestieren konnten.

Edition Mandarava
im Sequoyah-Verlag
Blättertal 9, A-2770 Gutenstein
0043-(0)2634-7417
info@sequoyah-verlag.at
www.edition-mandarava.at

1. Auflage 2006

Coverfoto: Dave Norton
Visuelle Gestaltung: Elisabeth Poller-Frischengruber
Druck: Holzhausen Wien
Dieses Buch wurde auf chlor- und säurefreiem Papier gedruckt

ISBN 978 3-85466-065-1

Inhalt

Vorwort

Die Gedichte und Prosatexte dieses Buches sind nicht in meinem Kopf entstanden; sie sind der direkte Ausfluss von Meditationserfahrungen. Nach den jeweiligen Bildern bzw. Zuständen entstand zwingend und unwiderstehlich das Bedürfnis in mir, es in Worte zu fassen, um es mit anderen teilen zu können. In diesem Sinne fühle ich mich nicht als Autorin dieser Texte. Sie sind Allgemeinbesitz, denn sie kommen aus einem Bereich, an dem wir alle teilhaben; in dem wir eins sind, nicht getrennt.

Durch Versenkung in uns selbst und durch Reduzierung der äußeren Reize können wir alle Zugang zu dieser Glücks- und Weisheitsquelle haben. Mögen diese Texte den Leser dazu inspirieren, diese unerschöpfliche Quelle in sich selbst zu finden.

Gewidmet in Dankbarkeit
der Gesundheit und dem langen Leben
meines persönlichen Meisters Tulku Pema Wangyal
und aller Meister, die mich jemals inspiriert haben,
und dem unvergänglichen Glück und Wohlergehen
meiner Brüder und Schwestern
aller Bereiche des lebendigen Lebens.

Einfachheit

Was suchen wir nach Erleuchtung?
Es ist doch ALLES da.
Und es ist immer so gewesen.
Was?
ES
Gestern bin ich, heute bin ich, morgen bin ich.
Einfach, ein-fältig.

Im Herzen des Herzens ist der Punkt,
an dem die Unendlichkeit sich auftut.
Strahlend hell.
Dort treffen wir uns.
Du gießt Dich ins Ich.
Ich löst sich im Du.
Du und Ich sind nicht.

ES IST.

Hingabe

Meine Hände riechen immer nach Erde.
Meine Nägel sind rau und schwarz von ihr.
Ich kann nicht anders,
ich muss ihre Schönheit hervorbringen,
Dornen, schädliches Gestrüpp beseitigen,
das die Blumen erstickt.

So ist mir, als würde ich Buddhas Körper liebkosen und
pflegen,
mich Ihm hingeben
und Seine Schönheit in jeder Blume erblühen lassen.

So ist mir auch,
als würde ich Buddhas Schönheit in mir zum Erblühen
bringen;
den Geist reinigen von dem dornigen, erstickenden
Ich-Gedanken.

Da springt die Blüte im Herzen auf,
da, an dem Punkt,
an dem das Leben anfängt,
an dem wir uns treffen
und Buddha sind.

Das grosse Schweigen

Ein Tisch
ein warmer Ofen
eine Kerzenflamme
eine Blume
ein Stein
ein singender Teekessel
ein Brotkorb
ein Baum
der Regen
ein schwarzer Vogel
der Wind
der Geruch der Erde
der Klang eines Glöckchens...

Was gibt es noch mehr?

Vergessen wir die Namen, werden alle Dinge heilig,
beginnen zu leben.
Sie sind erfüllt von Ihm,
sprechen von Ihm,
strahlen das Licht Seiner ewigen Gegenwart,
sind ES.

Im Schweigen, im Namenlosen, werden wir gewahr.
Hören, sehen, riechen, schmecken ES.
Buddha, Gott, das nackte reine Sein.

Ohne Ich lösen wir uns aus der Erstarrung
und leben im Strom des nie endenden Augenblicks.
Sind Eins. Verstehen.
Es war nie anders.

Frühling

Ich stehe.
Stumm und überwältigt
vor dem Aufbrechen der Kräfte.
Jedes Blatt nimmt seine Form,
gehorchend dem inneren Gesetz der Hin-Gabe.
Jede Blume strahlt auf ihre Weise.
Ob gesehen oder nicht.
Sie fragen nicht und fordern nicht,
haben keine Angst.

Es ist das aufbrechende Herz, dieser Frühling.
Wunder über Wunder!
Zauber über Zauber!
Die zerborstene Kruste gibt die Farben frei
und die Formen
und die hunderttausend jubilierenden Vogelstimmen
und den süßen Duft.

ICH BIN. Schöpferin und Geschaffenes.

Wie erstarrt wir sind, solange wir suchen!
Überheblich und maßlos.
Ohne Demut.
Sehen nicht, fühlen nicht im Suchen.

Wissen nicht im Suchen.
Wissen nicht, dass alles da ist,
vollkommen rein und heilig.
Die Blumen blühen in mir,
die Vögel jubilieren in mir,
der Duft entfaltet sich in mir.
Das Leben lebt in mir.
Ewig. Ohne Tod.

Sanft fallen die Tränen auf die jungen Rosenblätter.
Aufbruchstränen, Herzsaft.
Er verschmilzt mit dem glitzernden Tau.

Pusteblumen

Ich sitze in einem Scheunentor und erlebe, wie ein schweres Gewitter heraufzieht. Die Wiese vor mir ist voller Pusteblumen. Lauter zarte, perfekte Bällchen, die im Licht der Gewitterwolken leuchten; lauter perfekte Träume, die nur auf den ersten Windstoß warten, um in alle Winde zu zerstäuben.

Ein flüchtiges, zerbrechliches Glück, diese Pusteblumenwiese! Doch bringt jede Pusteblume hundert neue Träume hervor, die sich auch wieder verhundertfachen. So trägt jedes einzelne Samenkorn das Potenzial zu unendlicher Reproduktion. Träume. Samsara ohne Ende! Das dreht sich ohne Unterlass, und man wirbelt, wie die Samen der Pusteblume, von den karmischen Winden getrieben, von einem Glück ins nächste Unglück. Von allein hört das nie auf.

Was blieb nach dem Unwetter?
Verwehte Träume. Leere Stengel. Keine Spur mehr von den Bällchen. Die vertriebenen Samen warten auf die nächste Frühlingssonne.

Symbol

Gebrochen und mit Müll überschüttet
liegt der Schlehenast am Boden.
Sauber hat eine Axt das Stämmchen durchgeschnitten.
Aber einen dünnen Strang hat sie vergessen.
Durch ihn fließt das Leben, und so erblüht der Ast
in hunderttausend zarten weißen Blüten —
um die Welt zu erfreuen.
Er fragt nicht warum.
Kein wenn und aber.

Wilder Lavendel

Der Duft des wilden Lavendels
aus der taufrischen Erde
ist wie eine Feder,
die die Seele kitzelt.

Prall ist die Seele von Sehnsucht,
zum Überlaufen prall.
Sie will nicht mehr gefangen sein
in diesem Krug mit seinen engen Wänden.
Nein, nein, nein!
Sie will ausfließen,
sich verströmen.

Der Verstand weiß es besser:
„Sei vernünftig. Bei mir bist Du sicher.
Ich schütze Dich.
Ich gebe Dir alles, was Du brauchst.
Ich zaubere Dir ein ganzes Universum.
Geh nicht hinaus. Es ist zu gefährlich.
Du wirst verloren gehen,
untergehen."

So schafft der Verstand neue Gedankenwände.
Aber, sie sind aus Papier,
denn die Seele glaubt ihm nicht mehr,

sie weiß es besser.
Sie will ums Sterben nicht vernünftig sein.
Sie will verloren gehen,
untergehen,
um
einzugehen,
einzufließen,
sich dem Einen, dem All, dem wahren Selbst,
und wirklichen Leben,
unvergänglich und unzerstörbar,
hinzugeben.
Sie weiß, es ist die tödlichste aller Sünden,
sich zu verschließen
und sich in Ich und Du zu spalten.

Die Seele gehorcht dem Verstand nicht mehr.
Seine Macht ist gebrochen.
Und die Feder kitzelt so unerträglich...

Da lösen sich die Wände auf wie Morgennebel
und sie fließt aus,
nein ein,
nein aus und ein,
wird Eins aus zwei.

Prajna Paramita

Form ist Leerheit;
Leerheit ist Form.

Der Verstand kann endlose Zeitalter darüber brüten,
er versteht es nicht.

Fühle den Wind in den Grashalmen.
Höre den Flügelschlag eines Vogels in der Luft.
Sieh das Regenbogenlicht in einem Spinnennetz.

Rieche den Duft des wilden Lavendels am frühen Morgen.
Lasse eine taufrische Kirsche auf der Zunge zerplatzen.
Dann verstehst Du.
Denn Du bist die Bewegung des Windes,
Du bist das Regenbogenlicht
und der Geschmack der Kirsche.
Du bist die unendliche Vielfalt der vergänglichen
Möglichkeiten,
geboren aus der zeitlosen Unbegrenztheit des Raumes,
gleichzeitig Raum in Dir gebärend.

Das versteht der Verstand nicht.
Er kennt nur die Zahl zwei, Ich und Du.
Er steht vor der Eins,
die die Unendlichkeit in sich trägt.

Gebet an das Leben

Mögen mir unzählige Ohren wachsen,
um die Hilferufe der Wesen in Angst zu hören.

Mögen mir unzählige Augen wachsen,
um die Wesen zu sehen, die in Not sind.

Mögen mir unzählige Zungen wachsen,
um die Wahrheit der Freiheit zu verkünden,
dass jeder sie verstehen kann.

Mögen mir unzählige Hände wachsen für die Wesen,
die ihre Hände nach Hilfe ausstrecken.

Mögen mir unzählige Füße wachsen,
dass ich zu denen eilen kann,
die schutzlos sind.

Möge mein Herz den Ich-Gedanken auflösen
und so weit werden,
dass es Raum hat für alle Wesen,
für ihren Schmerz, ihre Angst,
ihr Elend, ihren Hunger,
ihre Sorgen und ihre Freude.
Mögen wir uns alle
im Grunde dieses Herzens vereinen

und frei sein
und tanzen und singen.

Freudentänze
Dankeshymnen

Möge das Herz das ganze Leben umfassen
und begreifen, dass es heilig ist und war und sein wird
— in welcher Form auch immer es sich offenbart.
Das Leben ist Buddha.

Das Herz ist sein Geheimnis,
Tempel des Lebens und des Todes.

Ist es voll von „Ich“,
tanzt der Tod in ihm zu grausiger Musik.

Ist es voller Liebe,
tanzt das Leben mit sich selbst,
befruchtet sich selbst,
gebiert sich in sich selbst
im Heiligtum unzerstörbarer Freude.

Möge Buddha in uns tanzen
und wir in Ihm,
in allen Zeiten!

Die Ruhe des großen Flusses

Gleichmütig fließt er ohne Unterlass dahin.
Nichts kann ihn stören.
Seine Qualitäten sind Ruhe und Weite.
Unstörbar, unzerstörbar.
Auf der rechten Seite nimmt er einen aufgeregten Bach auf.
Links liegen hügelige, geschwungene Weiden, auf denen friedlich sanfte braune Kühe grasen. Ab und zu geht eine zum Fluss und trinkt.

Trotz der warmen Mittagssonne ist die Luft noch immer von zartweißen Nebeldünsten verhängt.
Frieden — und doch in ihm Samsara.

Wie ein Pfeil schießt ein Sperber dicht über dem Wasser dahin. An der Bachmündung schnappt er sich zielsicher und unfehlbar einen kleinen Vogel.
Ein kurzes Geflatter. Ein Wehgeschrei. Stille.
Ein Wesen musste Nahrung sein. Im Land von Geburt und Tod, im Land der sich verändernden Formen, hat es seine Kleider gewechselt.
Ruhig fließt der Fluss dahin. Seine Qualitäten sind Ruhe und Weite. Nichts kann ihn stören.
Er schluckt die Angst, er schluckt den Tod. In ihm haben Tod und Leben, Angst und Vertrauen den gleichen Geschmack.

Ein Bauer kommt mit seinem Ungetüm, einem brüllenden, donnernden Traktor und sprüht beizende Giftwolken über das Feld der grasenden Kühe. Immer wieder taucht der Traktor schwarz und schemenhaft aus der grauen Wolke auf. Nach Vollendung seines Werkes verschwindet er wieder. Erneuter Frieden breitet sich aus.
Ruhig fließt der Fluss dahin. Seine Qualitäten sind Ruhe und Frieden. Nichts kann ihn stören. Er schluckt den Lärm, er schluckt das Gift.
In ihm haben Stille und Lärm, Vernunft und Unvernunft den gleichen Geschmack.

Es ist mein Geist, der aufgeregte, lärmend-schäumende Bach, der sich in den großen Fluss stürzt und sich mit ihm vereint. Der große Fluss, der Geist des Lamas nimmt mich auf, schluckt meine Verwirrung, meine hämmernden Gedankenkaskaden, mein lautes, polterndes Gehabe.
Ein kurzes Aufschäumen, ein wenig Aufruhr, dann sind die Wogen geglättet.
Weiter fließt der Fluss. Es ist nichts gewesen. Friedlich zieht er dahin. Seine Qualitäten sind Ruhe und Weite. Nichts kann ihn stören, nirgendwo hält er sich auf, hält er sich fest. In ihm haben Verwirrung und Klarheit den gleichen Geschmack.
Buddhageist. Reines Nichts. Ohne Anfang und Ende. Allumfassend und namenlos.

Himmel

Der Himmel ist mein Element.
Unendlich. Ewig. Offen.

Ihm kann ich meinen Schmerz anvertrauen.
Er macht ihn zum Himmel.
Auch die giftigen, schwarzen Pech- und Schwefelwolken,
die über dem inneren Schlachtfeld aufsteigen.

„Ich" will nicht aufgeben.
„Ich" will nicht verlieren, was es glaubt zu haben.
„Ich" will nicht begreifen.

Aber auch dieses widerspenstige Ich
nimmt der Himmel auf,
ganz sanft, ganz natürlich
und löst es in sich selbst.
Es ist aus ihm geboren
und strebt danach,
sich wieder hineinzugebären in ihn,
auch wenn es sich für wirklich hält.

Gesetz der Evolution:
Die Wiedervereinigung des niemals Getrennten.

Der Teufel ist Gott.
Samsara ist Nirvana.
Es ist ja immer alles Himmel.

Reines Sein

Wenn der Verstand,
das Ich,
plötzlich aussetzt,
löst sich der Schmerz aller Wesen
in den weiten Himmelsraum,
und alle Träume sind augenblicklich aus.

ICH BIN
das nackte, reine Sein.
In Ewigkeit vollkommen.

Unbeschreibliche Musik in der Stille.
Unbeschreibliche Bewegung in der Ruhe.
Unbeschreibliche Vielfalt in der Einfachheit
Unbeschreiblicher Farbenrausch in der Einöde.
Unbeschreibliches Lachen in dem Weinen.
Unbeschreiblicher Tanz im unendlich-ewigen Nichts.
Unbeschreibliche Fülle in der Leere.
Unbeschreibliches Sein in dem Nicht-Sein.
Unbeschreiblicher Zauber in der Natürlichkeit.
Unbeschreibliches Staunen in dem Vertrautsein.
Unbeschreibliches Vertrauen in der Angst,
es wieder zu verlieren.

Unbeschreibliche Freude in der Demut.
Unbeschreibliche Macht in der Hingabe.
Unbeschreiblicher Reichtum in der Ent-Sagung.

Stolpernde Worte,
um die unbeschreibliche Sprachlosigkeit
zu beschreiben.

Licht und Schatten

Dunkel heben sich die Berge im Hintergrund gegen das tiefe Blau des Morgenhimmels ab.
Massiv sind sie und undurchdringlich. Sie symbolisieren Geburt und Tod, Leiden durch Vergänglichkeit, Leiden durch Schmerz, Leiden durch das Leiden selbst, Unwissenheit, Samsara.

Weit ist der Himmel. Unbegrenzte Offenheit. Stille. Was er symbolisiert, hat keinen Anhaltspunkt, keinen Namen. Nirvana ist nur ein Versuch für Blinde.

Ein heller, funkelnder Stern lässt das Licht ahnen. Im Osten erscheint ein rötlicher Schimmer, der das Blau durchtränkt. Zartrosa Wölkchen machen den Zauber perfekt. Der Stern muss weichen, er war nur ein Abgesandter des Lichts.
Je greller und gelber das Licht wird, desto düsterer erscheint Samsara. Schwarz, schwer, kalt.
Erstarrt wartet die Welt auf die Sonne. Kurz bevor sie kommt, ist die Erde am kältesten, der Rauhreif am dicksten.
Da durchdringen die ersten Strahlen das Dunkel. Es weicht. Es löst sich auf. Es schmilzt in das Licht hinein. Es wird durchlässig. Es wird Licht — Licht ist so ansteckend!
Schatten ist nur die Abwesenheit von Licht, aber von ihm nicht zu trennen.

Und was geschieht am Nachmittag?
Da spielt das Leben verrückt. Da werden Licht und Wärme gefeiert. Dunkelheit und Kälte haben nie existiert. Es wird getanzt, gesungen, geschmettert, gezirpt, gesummt. Ein jeder gibt sich hin und verehrt das Licht auf seine Art: Begeistert tanzen die Schmetterlinge; Vögel singen ekstatisch Jubelchöre; Bienen und Fliegen summen und brummen gemütlich ihres Weges; Mücken tanzen hingebungsvoll in der Sonne, und die Zikaden können sich auch nicht mehr zurückhalten. Die Luft schwirrt vor Licht und Freude. Es ist kaum auszuhalten. Was für ein Farbenrausch, was für ein Duft in der Luft! Was für ein Vibrieren, ein Schwingen im Herzen. Die Sonne entzündet das Licht auch dort.
Wo ist Samsara, wo sind die leidenden Wesen?
Sie haben nie existiert. Aus der Traum!
Es ist nur eine Frage von Licht und Schatten.

Entzünden wir das Licht im Herzen. Es weist den Weg zur Wahrheit. Es ist Verkünder der Wahrheit jenseits von Licht und Schatten. Es führt zu der einen Wahrheit, die beides vereint. Es kündet von der Stille und der Weite und der Einfachheit ohne Namen, in der Worte ihren Sinn verlieren. Es kündet von der unergründlichen Geistessenz, aus der dieser Zauber unerschöpflich hervorquillt.

Zum Ausklang des Festes, wenn das Licht wieder der Finsternis weicht, wenn der Himmel im Westen rot ist, wenn sich die Nacht herabsenkt und Kälte mitbringt, singt die Amsel noch ein zartes, feinziseliertes Lied — bis die Schleiereule mit ihrem unheimlichen Ruf die letzten Tänzer nach Hause scheucht.

Freiheit

Wasser sein.
Mit der Welle tanzen;
in der Welle Wasser sein.

Himmel sein.
Mit der Wolke treiben;
in der Wolke Himmel sein.

Baum sein.
Als ein Blatt im Winde zittern;
in dem Blatt auch Baum sein.

Fels sein.
Als ein Stein im Bache springen;
in dem Stein auch Fels sein.

Mensch sein.
Alles Leben liebend Buddha sein.

Buddha sein.
Das Leben gebärend Mensch sein.

Leben sein.
In Formen tanzend formlos sein.

Die Mutter

ICH BIN
nicht diese Form.

Ich bin Raum für alle Formen.

Was die Augen sehen
ist das Licht in mir.

Was die Ohren hören
ist der Klang in mir.

Was die Hände fühlen,
ich erschaffe es.

Ich bin die Mutter,
die das Leben in sich gebiert
und Raum ist für Wachstum und Reife.

Sieh, wie die Wände weichen,
wie es sich öffnet
und Freiheit atmet.

Die Macht der Ruhe

Geliebter Meister,
das Nichts, das Du bist,
hat so eine Macht,
dass das Herz überquillt.

Die Ruhe der Unendlichkeit,
der Sog der Hingabe,
bringt sogar die tobenden Gedanken zum Schweigen,
und der Zwang, etwas tun zu müssen,
ist nicht mehr.

Logik

Wenn man anfängt, sich mit der Geistessenz zu beschäftigen, wird man sehr schnell merken, dass die Gesetze unserer herkömmlichen Logik und unseres Verstandes nicht mehr anwendbar sind. Unsere Logik bezieht sich auf die Dualität, auf Dinge, die in Abhängigkeit voneinander existieren. Mit diesem Ausspruch begeben wir uns schon aufs Glatteis, denn von der Logik der Geistessenz her, existieren die Dinge gar nicht.

Wenn wir den Geist in seiner Tiefe ergründen wollen, müssen wir bereit sein, alles was wir wissen, all unsere gewohnten Denkschemata, alle Namen und Konzepte hinter uns zu lassen und uns auf ein Terrain zu begeben, in dem alles neu und unbekannt, nicht benennbar, nicht greifbar und doch so vertraut ist. Wir müssen uns auf ein unbekanntes Terrain begeben und zunächst Behauptungen schlucken, die uns unter dem Einfluss der Logik des Verstandes die Haare zu Berge stehen lassen und uns Kopfschmerzen verursachen.

Wenn wir dann den Mut haben, die Essenz der Behauptungen zu ergründen und anfangen, das Gewohnte abzulegen, also wirklich in das Terrain einzudringen und Erfahrungen mit dem Unbeschreibbaren zu machen, geht es uns wie einer Biene, die ein unüberschaubares Feld süßer Blumen entdeckt hat. Sie muss immer wieder dahin zurück und von dem Nektar kosten — und es den anderen weitersagen.

Von der Logik der Geistessenz her existiert das, was ich sehe, höre, rieche, schmecke, fühle, denke nicht. Es gibt mich gar nicht. Es gibt weder leidende Wesen, noch Buddhas und Bodhisattvas. Es gibt nur die Geistessenz und von ihrer Gesetzmäßigkeit her weder Reinheit noch Unreinheit. Es gibt keine Geistesgifte, keine Qualitäten, kein falsches Denken, kein richtiges Denken, keine Logik.

Es gibt nur die Logik der Un-Logik, und im Rahmen dieser Logik — die es gar nicht gibt — verbeuge ich mich vor dem Lama, den es ebenfalls nicht gibt und nehme Zuflucht zu ihm. Zuflucht wovor? Es gibt weder Bedrohung noch Angst. Ich bitte also dieses Phantom um Schutz und Inspiration. Ich bitte um die reine Lehre, die nur in meiner Vorstellung existiert, um etwas zu erreichen, das nicht zu erreichen ist.

Das wunderbare an dieser Un-Logik ist, dass sie funktioniert. Wenn man den Verstand, das Ego, zur Seite stellt und sich ihr hingibt, erreicht man das Unerreichbare. Man kann nicht sagen, was es ist. Es hat mit Wahrheit und Freiheit und wirklicher Existenz zu tun.

Man entwickelt sogar ungeheure Freude an der Unlogik. Je tiefer man in sie eindringt und die Wahrheit über dem Oben und Unten, dem Gestern und Morgen, dem Leben und dem Tod begreift — also begreift, dass das einerseits nicht wirklich existent ist, andererseits aber für die geträumten Sinne wahrnehmbar erscheint — desto hingebungsvoller legt man sich dem Symbol für die reine Liebe, dem nicht-existent/existenten Lama, Buddha, Christus oder welchem Meister auch immer, zu Füßen und wird mit einer Kraft gesegnet, die einen tatsächlich der Sinne beraubt vor lauter Glück und Freude und Mit-Fühlen und Wissen. Man taucht in das Meer unermesslicher Qualitäten ein und weiß gleichzeitig, dass diese Qualitäten und die Wesen, auf die sie gerichtet sind, und derjenige, der in sie eintaucht, nur geträumt und essenziell eins und dasselbe sind.

Träume sind es, die aus der Geistessenz ohne Unterlass hervorsprudeln und wieder in sie eintauchen. Gedanken, die sich manifestieren, wenn man sich auf sie fixiert. Es gibt nützliche Gedanken, die Ausdruck reiner Liebe sind und uns helfen, uns zu entwickeln und unser wahres Selbst zu finden; unser wirkliches Gesicht zu entdecken und eins damit zu werden. Es gibt schädliche Gedanken, die uns zerstören, wenn wir an sie glauben. Der Glaube an ein

Ich hat Stolz, Neid, Eifersucht, Hass, Dummheit, Gier im Gepäck. Er lässt uns Höllenbereiche erfahren, weil er Trennung schafft.

Träume sind Leerheit und gleichzeitig gebiert die Leerheit unermüdlich Träume. Man kann es überall nachlesen: Bei Buddha (Prajna-Paramita Sutra, Diamant Sutra) Christus, Laotse, Kabir, Meister Eckhart, Wei Lang, Huang Po, Karmapa, usw. usw. Es ist überall dasselbe. Es kann nur eine Wahrheit geben.

Das ist die Wahrheit über den Träumen, über der Logik. Über dem so geliebten Verstand. Die zerstörerische Wahrheit: Sie zerschlägt die nicht-seiende Unwissenheit und die dazugehörigen Geistesgifte. Die grenzenlose Wahrheit; die Wahrheit der Freude; die Wahrheit der Liebe.
Im Rahmen dieser Wahrheit befreit der Bodhisattva, der nur in unserem Geist existiert, leidende Wesen, die ebenfalls nur im Geist existieren. Denn woanders, als im Geist, kann gar nichts existieren. Er führt erleuchtete Träumer, die ihr Haus nie verlassen haben, nach Hause. Wenn sie erwachen, sind sie Buddha.

Ich nehme von Herzen Zuflucht zu der Geistessenz und bitte um gute, reine, kraftvolle, segensreiche Gedanken, um durch die Identifikation mit ihnen zu erfassen, dass ich nicht Ich bin und die Wesen keine Wesen, sondern, dass wir eins sind, vereint im Urgrund, und nicht für die kleinste Zeiteinheit getrennt sein können, weil Zeit und Trennung nur Wahnvorstellungen sind.

Willkommen im absurden Theater der Weisheit über den Gegensätzen. Hier wird der Verstand in Stücke geschlagen. Eintritt frei.
Schwere Köpfe, Vor-Stellungen, Fixierungen sind an der Garderobe abzugeben.

OM GATE GATE PARAGATE PARASAMGATE BODHI SWAHA

Wünsche

Heute morgen, als ich oben auf dem St. Christophe Felsen saß, haben mich vier Meister inspiriert, einer erhabener und mächtiger als der andere:
Der Felsen, der Fluss, die Sonne und der Himmel.
Erde, Wasser, Feuer, Raum.

Der Wunsch ist mächtig geworden, so zu werden, wie sie.
Der Körper — die Fähigkeit, zu dienen — so unerschütterlich stark wie dieser Felsen;
die Sprache — die Fähigkeit, die Wahrheit zu verkünden — so klar und unermüdlich wie der Fluss;
der Geist — die Fähigkeit, zu inspirieren — so strahlend hell wie die Sonne;
Körper, Sprache, Geist vereint in der unfassbaren, allumfassenden Leerheit und Weite des Himmels.

Ich habe auch gewünscht, dass der Geist uns seine Qualitäten enthüllt:
Macht, dem Felsen gleich;
unaufhörlich fließende Liebe, dem Flusse gleich;
das helle Strahlen der Weisheit, der Sonne gleich;
und dass wir begreifen, dass diese drei Qualitäten in ewiger, formloser Vereinigungen in der Leerheit und Stille der Geistessenz ruhen, so, wie der Himmel Erde, Wasser, Sonne in sich trägt und dennoch selbst leer und unendlich ist.

Spiegeln

Blütendolden, wie weißes Filigran,
wiegen sich;
gebeugte Gräser, ausgedörrt,
tanzen mit der sanften Brise;
getragen von großer Ruhe
liegt der Bussard auf dem Wind
und zeichnet seine Kreise in das Himmelsblau.

Wie diese Kreise
vergeht alles, was geschaffen ist.
Es löst sich im Raum,
aus dem es kam.

Wie wunderbar ist diese Ordnung!
Das Alte vergeht,
Neues entsteht,
wird alt,
gibt wieder Raum…

Wir sind nichts als eine Zeichnung im Himmel,
ein Regenbogen,
der sich in sich selbst auflöst
und wieder erscheint.
Warum klammern,
wo es nichts zu klammern gibt?

Was wollen wir in der Unendlichkeit des Raumes
festhalten?
Ewig ist alles im wachsen und welken.
Was gibt es da noch zu ver-ewigen?
Wir verewigen nur unser Unglück.

Das bleibt uns,
solange wir vergessen,
zu sein wie der Spiegel:
Ohne Erwartung;
ohne Angst;
ohne Vorstellung;
offen wie der Raum selbst
und nur spiegeln, was er zeigt.
Spiegeln ist das Geheimnis
der Freiheit vom Leiden,
des Gleichmuts,
des Friedens.

Im Spiegeln feiert das Leben seinen höchsten Triumph,
tanzt die Freude den Walzer der Unvergänglichkeit.
Im Spiegeln gebiert der Raum nur Wunder.

Jeder Augen-Blick,
der Blick mit den Augen der Wachheit,

spiegelt die Ewigkeit,
die Große Perfektion,
das Unaussprechliche,
das Un-Sagbare,
die tönende Stille der Unendlichkeit,
die nicht geboren ist
und niemals stirbt.

Jeder wache Augenblick ist das Geschenk
des Lebens an sich selbst
— ganz gleich, was er in sich trägt.
Wenn wir ihn „nur" spiegeln,
so sein lassen, wie er ist,
dann sind die weißen Filigranblüten,
die sich im Winde wiegen
oder der Tanz der sommerdürren Gräser
oder die majestätischen Kreise des Bussards
nichts als Freude,
so sicher,
wie das Flimmern in der Luft
an diesem heißen Altweibersommernachmittag.

Einladung

Kommt Alle,
lebendige Wesen,
alles, was Form hat
und das Glück sucht!

Lasst uns eintreten in das Reich der Freude,
der Liebe,
der Weisheit;
in das Reich der Wahrheit,
die in sich selbst hineinquillt,
in die Ewigkeit!

Das Glück, das wir suchen,
finden wir nie,
solange wir uns dieser Wahrheit nicht hingeben.
Mit unserem ganzen Wesen,
mit dem Leben selbst,
ohne das Geringste,
für uns selbst behalten zu wollen.

Es ist das Geheimnis unerschöpflichen Reichtums,
alles,
auch den letzten, geheimsten Gedanken
der All-Macht in uns zu opfern;
arm zu werden,
unendlich arm.

Ent-sagen,
Stille werden,
leer von Erwartungen und Wünschen,
so dass der ganze Reichtum unseres wirklichen Wesens
in uns aufplatzt
und uns zum Bersten anfüllt mit
unzerstörbarer Liebe,
überströmendem Mitfühlen,
strahlender, allesdurchdringender Freude,
unerschöpflicher Kraft
und unerschütterlichem Gleichmut.

Was für eine Armut,
die uns die Fülle des unendlichen Raumes schenkt!

Was für ein Opfer, das uns den Frieden der Ewigkeit
beschert!

Kommt Alle!
Lasst uns die Last abwerfen
und hineingehen
in das Heiligtum.
Ganz nackend,
ganz ledig und leicht.
Es ist immer nahe.

Unsere brennende, zärtliche Liebe
schenkt dem Unbenennbaren Namen:
Gott, Buddha, Christus, Shiva, Allah, Jehova, kosmische Mutter, Shunyata, Große Perfektion, Stille Wüste, Meister, Leerheit...

Was uns trennt davon
ist nur ein Gedanke,
selbst der Wunsch,
sich dem zu ver-einen,
nicht mehr zwei, getrennt, zu sein.

Geliebter Meister,
Göttliche Mutter,
hilf uns,
Dir auch diesen Wunsch hinzugeben,
und es einfach
zu sein.

Kraniche

Es ist die Zeit der Kraniche.
Ein Zug nach dem anderen überfliegt das Tal und meine Hütte. Durch ihre wilden Schreie kündigen sie sich an.
Ich stürze ins Freie.
Ich muss sie begrüßen und ihnen gute Wünsche mit auf ihren langen Weg geben.
Sie fliegen in wunderbarer Ordnung und Harmonie. Einer fliegt im Flugschatten des anderen. Die Ordnung ist nicht starr, ständig wechseln die Positionen, gehen die Hinteren nach vorn und umgekehrt. Sie fliegen Tag und Nacht. Selbst nachts höre ich ihre geheimnisvollen Gesänge. Was lässt diese herrlichen Wesen jährlich zweimal in Sturm, Gewitter, Schnee- und Hagelschauern mehr als 3000 km zurücklegen? Wie finden sie ihren Weg? Was gibt ihnen die Kraft? Ich kann nicht anders, als Respekt und Bewunderung zu haben, für diese wunderbare Intelligenz, die hier am Werk ist.

Heute regnet und stürmt es. Ein Zug wird durcheinandergewirbelt. Immer wieder versuchen sie, sich zu formieren. Sie verlieren im Chaos der Windbö, die wild in sie hineinfährt, die Orientierung. Drei Tiere fallen ab. Sofort kommen

einige von vorn, setzen sich hinter sie und geben ihnen etwas von ihrer Kraft. Sie finden wieder eine Ordnung, dann fliegen sie in der richtigen Richtung weiter.
Diese wilden Tiere wissen, dass sie zusammengehören, und dass jeder einzelne für das Ganze entscheidend ist.
Sie wissen, dass man ohne Ordnung und ohne sich gegenseitig zu stützen und zu schützen, sein Ziel nicht erreichen kann.

Hätten wir Menschen doch ein Fünkchen von dieser Intelligenz!
Es wäre uns unmöglich, die Erde, die diese wunderbare Harmonie und Ordnung hält, zu zerstören.
Was ist uns Menschen verlorengegangen, dass wir den Lebensraum aller Wesen missachten und vielleicht sogar den gesamten Planeten unbewohnbar machen?

Klausur

Keine neuen Konzepte!
Kein neues Gefängnis!
Das neue Leben ist ohne Mauern.

Unsere Gefängnismauern
Sind die eingepflanzten Vorstellungen vom Leben.
Unser größtes Hindernis,
das, was uns direkt am Leben vorbeigehen lässt,
sind die massiven Schuldgefühle,
wenn wir nicht nach den eingepflanzten Normen
Leben können.

In der Einsamkeit
lerne ich zu leben,
mich dem Lebensstrom hinzugeben.
Mit Offenheit.
Mit Interesse und Liebe zum Leben
und allem, was lebt.
Mit ungeheurer Freude.
Ohne Schuldgefühle.
Ohne Hass.

Ich lerne,
ohne Hass gegen mich und andere,
lebendig zu sein.

Ich werde erwachsen,
übernehme endlich (!) Verantwortung
und lerne, von der Gnade zu leben,
die in jedem Leben strahlt,
ob es sie fühlt oder nicht.
Ich lerne,
mich dieser Gnade hinzugeben
und weiß,
dass das der wahre Meister ist.
Ich will mir nicht mehr sagen lassen,
was ich zu tun habe.
Nur der inneren Stimme
will ich zuhören.

Nur mich dieser Gnade hinzugeben,
mich dem wahren Wesen zu öffnen,
immer Ihm nahe zu sein
und zu tun,
was es mir aufträgt zu tun,
ist meine Klausur.

Frühlingsträume

Alt und bemoost,
von Efeu eng umschlungen
träumt der große Apfelbaum im Feld
seinen rosa Apfeltraum,
hunderttausendfach.
Hunderttausendfach
träumen Bienen, Hummeln, Flatterlinge
hingebungsvoll
mit ihm.
Es ist nicht sein Traum.
Es ist nicht ihr Traum.
Es ist mein Traum.

Zu Hause

Das Tor ist weit geöffnet.
Ich gehe hinein, tränenbenetzt.
In das allergeheimste verborgene Heiligtum.

Ich bin in Dir bei Mir.
Du bist in Mir.
Das Eine ist Alles.

In der sanften, stillen Schönheit
der großen Einfachheit
verstummt das Wort,
löst sich Wollen in Sein.

Leerheit

Wir sind die Wolken am Himmel,
die Wellen im Meer,
wir sind die Herbstblätter
und der Wind,
der tobend in sie hineinfährt.
Wir sind die glutroten Hagebutten,
die den blätterkahlen Rosenstrauch so leuchten lassen.
Wir sind der gesamte Kosmos,
alle Formen, die das Leben hervorbringt.
Wir sind nicht ohne sie;
Sie gibt es nicht ohne uns.

Wo sind die taubenetzten zarten Frühlingsblätter
geblieben?
Nur vereinzelt klappern noch ein paar braungelbe, zähe
Blätter im Wind.
Vergänglichkeit hat sie gewandelt.
Sie werden Nahrung für die Neuen.

Vergänglichkeit ist die wahre Natur des Lebens,
der Strom, der ohne Unterbrechung fließt.
Ohne Vergänglichkeit gäbe es keine jungen Rosenblätter.
Wenn wir die zitternde Frische der sich entfaltenden
Blättchen festhalten könnten,

gäbe es keine glühend-roten Früchte.
Die Narren, die nach ewiger Jugend lechzen,
werfen sich dem Tod an den Hals
und verpassen den Zug ins ewige Leben.

Das, was wir Tod nennen
ist nichts als Verwandlung.
Die Wolke löst sich in den Himmel auf
und formt sich neu.
Die Welle sinkt zurück ins unendliche Meer,
um sich erneut zu erheben.
Die Blüte verwelkt,
wird Frucht,
wird fruchtbarer Boden für neue Blüten.

Leerheit nennt man das auch.
Ewiger Wandel.
Tanz des Lebens.

Leerheit voller Farben,
voller Düfte,
voller Musik,
voller Geschmack,
voller Bewegung,
voller Freude,
ohne Schmerz,
ohne Angst.

Angst und Schmerz sind nur,
wo sich ein „Ich" erdreistet,
den Ton anzugeben
und den Kurs von Wolken und Wellen bestimmen zu wollen.
Es träumt, wirklich zu sein,
unvergänglich.
Es glaubt an sich
Und spaltet die Ein-Heit in zwei.
Es trennt die Wolke vom Himmel,
die Welle vom Meer,
das Blatt vom Rosenbusch,
sich selbst von anderen,
den Film vom Projektor.

Da ist Schmerz und Todesangst,
weil das Wissen um die
Unvergänglichkeit des Lebens,
um die Vergänglichkeit der Formen, die es gebiert,
verdunkelt ist.
Das „Ich“ hat vergessen,
dass Buddha in allem ist
und alles in Ihm.

Doch bleibt das Leben von dem Irrtum unberührt.
Unbefleckt.
Es fließt und formt
und löst die Form in neue Form.
Außer dem „Ich“ geht dabei nichts verloren.

Ewige Vergänglichkeit.
Leerheit.
Große Perfektion.
Buddha, der tanzt.

Blätterfegen (Groß und klein)

Wenn ich die Blätter von meinem Weg wegfege,
ist mir,
als würde ich das ganze Weltall sauberfegen.

Wenn ich ein Brot backe,
meine ich,
den gesamten Raum mit Nahrung anzufüllen.

Wenn ich mein Herz öffne,
fühle ich,
dass die ganze Schöpfung darin enthalten ist.

Nicht zu unrecht wird man mich verrückt nennen.

Wenn man aber bedenkt,
dass jedes Staubkorn aus Atomen besteht
und dass jedes Atom ein Universum ist,
könnte man mein Verrücktsein
auch als erstes Zeichen der Genesung deuten.

Denn, groß und klein,
        nah und fern,
        wichtig und unwichtig
existiere nicht mehr unter diesem Blickwinkel:

Vergleiche ich meinen Garten mit dem Weltall,
ist er lächerlich winzig.
Stelle ich ihn aber dem Atom eines Staubkorns gegenüber,
ist er unüberschaubar.
Da er also in Wirklichkeit
weder groß noch klein ist,
kommt man der Wahrheit am nächsten,
wenn man sagt:
Er ist so wie er ist.
Und damit ist er allen anderen Dingen,
den kleinsten wie den größten,
gleich.

„Ich bin der ich bin", sagt Jehova.

So ist die Harmonie in meinem „Reich",
in dem, was mir vom Leben anvertraut wurde
— sei es mein Körper, eine Familie, ein Freund,
ein Garten, ein Haus —
genau so wichtig,
wie die Harmonie im gesamten Kosmos.

Mehr noch:
Die Harmonie im Kosmos
Hängt von der Ordnung in meinem „Haus" ab,
davon, dass
jedes Ding seinen Platz hat
und das Unkraut nicht zu üppig wuchert.

So ist mein Blätterfegen auch dasselbe
wie die Regierungsarbeit eines Präsidenten.
Und hier zeigt sich
unsere ungeheure Verantwortlichkeit im rechten Licht:
Wenn wir uns also alle verantwortlich fühlen
und zusehen, dass in unserem „Reich"
Liebe und Harmonie regieren,
schaffen wir eine gesunde Welt,
eine Welt des Friedens, des Glücks
und des gegenseitigen Verstehens.

Tun wir das,
was wir tun
mit Liebe, Aufmerksamkeit und Hingabe,
ohne uns von Begriffen wie „groß und klein"
unter Druck setzen zu lassen,
werden all unsere so wichtigen Probleme
wie alte, welke Blätter hinweggefegt.

Und wir werden bereit und fähig,
anderen zu helfen,
auch ihre Probleme „wegzufegen“.

Man muss das ja nicht glauben.
Aber man kann es ausprobieren.

Zuflucht

Geliebter Meister,
Lichtstrahl der Großen Perfektion,
unser brennendes Herz
nennt Dich den „Lotosgeborenen".

Wir — alle Lebewesen —
sind gekommen,
weil wir müde sind,
erschöpft,
ausgebrannt;
wir können nicht mehr,
wollen nicht mehr
ziellos
durch die Wüste von Raum und Zeit irren
und getrennt sein von Dir.

Wir haben uns versündigt.
Unsere Arroganz hat eine Traumwelt geschaffen
und einen barbarischen Herrscher
auf ihren Thron gesetzt.
Er regiert mit wütendem Hass,
brüllender, alles-verschlingender Gier,
mit Herz-losem Stolz
und hemmungsloser Eifersucht.

Und wir glauben an ihn!
Er hat uns blind gemacht.
Blind für Dich,
und so folgen wir ihm,
treu ergeben,
und tun alles, was er uns befiehlt.
Wir trennen die Ein-heit,
zerstückeln und zerhacken sie
von Augenblick zu Augenblick.
Wir trennen uns von dem,
was heil ist, heilig.

Wir haben Streit und Krieg.
Wir zerstören, wir morden,
wir rauben und horten,
wir fressen uns gegenseitig auf.
Wir verschlingen unsere Herzen roh!

Doch tief in uns glimmt der Funke der Wahrheit,
den die Verzweiflung schürt.
Er lodert auf,
wird Bewusstheit,
wird Reue,
wird Sehnsucht,
wird Demut
und Bereitschaft zum Kampf, zur Revolution.

Die Trompeten rufen auf:
Befreit Euch von dem bösen Traum,
befreit Euch von dem, was zur Gewohnheit wurde.
Kehrt zurück in den Schoß der Wahrheit,
in dem nur Weisheit und Liebe regieren!

Aber wie?

Deshalb sind wir gekommen,
geliebter Meister.
Für mächtige Feinde
brauchen wir mächtige Freunde.

Gib uns Schutz und Zuflucht.
Führe uns durch die Höllenschlünde und Abgründe
von Wut und Aggression und Angst;
durch die Schluchten und Engpässe des Geizes;
zeige uns den Weg durch die rotglühenden Wüsten der Gier
und die rauchenden Schlachtfelder von Ehrgeiz und Eifersucht;
hilf uns über die steilen Klippen des Stolzes
und lass uns nicht wieder und wieder
im Sumpf versinken; leuchte uns in dem schwarzen Nebel
der Uwissenheit, dass wir den schmalen Steg nicht ver-
fehlen, der zum Licht führt;

sei unser Fährmann,
wenn wir den Ozean des Leidens überqueren;
lass das Boot nicht kentern in den Stürmen der Leidenschaft;
schütze uns vor den Ungeheuern der Tiefe,
dem Unbewussten,
den tödlichen Ängsten,
die uns immer wieder hinabziehen
in ihre schwarze Hoffnungslosigkeit;
lass das Boot nicht an den Klippen subtilen Stolzes
zerschellen;
lass uns hinausrudern
in die offene Weite,
in die Morgenröte der Freiheit
an das andere Ufer;
lass uns gehen, gehen,
überqueren,
vollkommen überqueren
und ankommen,
da, wo wir zu Hause sind.

Hilf uns,
dass wir auch Dich nicht mehr zerstückeln,
indem wir Dir Form und Namen geben
und Dich mit unseren Wünschen belästigen.

Lass uns vollkommen Willen-los,
nackend und leer,
das Tor der Furchtlosigkeit durchschreiten
und einfach eingehen
in Dein offenes Herz
und Dich aufquellen lassen in unserem;
Raum sein für Dein Strahlen
und — wie schon immer —
Eins-Sein.

Warum

Warum verstehen wir denn nicht?
Wir sind nur ein Gedanke, der seine natürliche Gesetzmäßigkeit verloren und sich verselbständigt hat; eine Idee, zu Form kristallisiert, weil wir uns im Glauben an Beständigkeit an sie klammern.
Wir sind die große Geste, die ihren Glanz verloren hat; der kosmische Tanz, in der Bewegung erstarrt, gefroren zu einem freudlosen Klotz; dem Wahn verfallen; von selbst geschaffenen Dämonen gehetzt; Spielball von Leidenschaft und Aggression, Tod und Teufel.

Warum verstehen wir denn nicht?
Uns besessen an den Irrtum klammernd, festhaltend an perversen Vorstellungen von „Ich und Du", fesseln wir uns selbst im klebrigen Netz, spinnen wir uns ein in den dunklen Kokon der Ich-Sucht und sind bewegungslos, voller Angst in der Finsternis des Unwissens gefangen.

Warum verstehen wir denn nicht?
Und werden wie der Schmetterling, der das Gefängnis sprengt, der über die Enge hinauswächst und trunken dem Licht der Sonne entgegentaumelt?

Warum verstehen wir denn nicht, dass wir träumen?
Warum werden wir nicht wie der Spiegel, der nur widerstrahlt, was in ihn hineinstrahlt oder wie das Echo,

das nur zurücktönt, was es an Tönen empfängt, leidenschaftslos, ohne willkürliche Gedanken, wie gut und böse, ohne fixieren, festhalten, bekämpfen, ablehnen zu wollen?

Der Weise fragt nicht warum.
Er kämpft nicht. Er klammert nicht.
Er verzweifelt nicht.

Er ist widerspruchslos, ohne Fragezeichen, das, was er ist.
Er ist offen, fließend, gelassen.
Seine Welt tanzt, ist Quelle der Hingabe und Freude.
Seine Welt ist todlos, weil sie den Tod nicht verbannt.

Der Weise fragt nicht warum.
Und niemals, in keiner der drei Zeiten, kann er in Form erstarren.
Seine Form ist wie der Regenbogen: Licht, Freude, Leerheit. Nicht fassbar.
Seine Form ist manifestierte Liebe, ohne den Fehler der Selbst-Sucht; Gedanke, im Raum geboren, natürlich in Raum zurücktauchend, ohne Komplikation.

Geliebter weiser Lama, erwecke uns aus der Erstarrung. Zeige uns den Weg, der aus dem Gefängnis fixierter Wahnvorstellungen führt. Hilf uns, den Kokon der Ego-Anhaftung zu sprengen und im Licht zu leben.
Inspiriere uns, gib uns den Mut, Selbst-los zu lieben, zerschlage die Arroganz intellekt-gesteuerter Logik, und lass uns endlich an der Wurzel, tief im Herzen die Wahrheit begreifen, zu der das Warum keinen Zugang hat.

Wir müssen doch endlich verstehen!

Sehen

Frei sind wir erst,
wenn wir uns wirklich verstehen
und sind wie die Erde so üppig und stark,
flüssig wie Wasser
und brennend wie Feuer,
luftig wie Wind
und so offen wie Raum.
Gelöst erlöst.

Doch blinde Angst hält uns gefangen,
und wir schrecken zurück
von Schmerz und Veränderung,
ja selbst von der Weite,
dem offenen Raum.

Im Starrsinn an unseren Schatten uns klammernd,
bleiben wir dunkel und schwer
und trampeln mit verheerenden Schritten
durch Blumenfelder und Paradiese.

Strömt,
Tränen der Sehnsucht,
ihr wohltuend-lindernden,
die ihr aus vergessener Tiefe,

aus verborgenen Kanälen des Herzens aufsteigend quellt,
aus der Ahnung
um ein Dasein ohne Schatten.
Erweicht den starren Blick der Augen,
weitet den Augen-Blick zur Ewigkeit.
Lasst des Träumers Augen
zum wirklichen Leben sich aufschlagen
und zerfließend wach werden
im warmen Strömen der Liebe.

O dass der Mut mir erwüchse,
Erde zu sein — so unerschütterlich stark,
Wasser zu sein — fließend und klar,
Feuer zu sein — die Falschheit verbrennend,
Wind zu sein — leicht, beweglich und frei,
Raum zu sein — grenzenlos,
Liebe zu sein — natürlich und einfach,
ohne wissen zu wollen warum.

Wenn das Auge den Schleier durchdringt,
der vom todlosen Leben es trennt,
füllt es sich — wie in der Kindheit —
mit den unbegreiflichen Wundern,
die die Reinheit von jeher gebiert,

staunend es lassend,
in seinem Sein,
und mit Freude und Demut
es entlassend,
entsinken lassend,
in seinen Ursprung,
der keinen Ursprung hat.

O dass mir das Herz wund werde
und die Augen tränenblind,
bis der Schleier zerrisse
und die Blindheit
in Sehen
sich erlöst.

Morgenandacht

Aus dem Nebel lässt die Morgendämmerung
den Baum vor dem Fenster erscheinen.
Raureifbepelzt.
Fahlgrün bemoost.
Feuerrot schmiegt sich der Efeu um den Stamm.
Weiße bereifte Spinnweben wiegen sich leicht im Wind.

Stille.

Da ruft ein Vogel den Morgen ein.
Das Licht in meinem Innern strahlt auch in ihnen:
Dem Baum, dem Vogel.
Welch ekstatische Freude!
Welch strahlendes Glück!

Ist es nicht ein Wunder,
das Licht
das das Viele zur Einheit brennt!

Frühling (wenn das Herz aufbricht)

Licht ohne Sonne!
Namenloser Buddha,
gottloser Gott!

Du lässt die Seele erzittern und das Herz tanzen.
Du liegst vor mir
als die weite Wiese in der Morgensonne.
Du spiegelst Dich millionenfach
im glitzernden Regenbogenlicht der Tautropfen.
Du hallst wider in dem Lobgesang,
der so hingebungsvoll
aus hunderttausenden verzauberten Vogelkehlen quillt.

DU BIST
nicht Du.
ICH BIN
nicht ich.
Sein ohne Wollen.
Leben ohne Angst.
Hingabe ohne Berechnung,
demütige Demut.

Das Sehen ohne Augen
sieht Dein Antlitz,
die letztendliche Wirklichkeit.
Das Hören ohne Ohren
hört den reinen Klang Deiner Stimme,
ewige Stille.
Das Gehen ohne Schritte
geht durch das torlose Tor
ins verborgene Heiligtum.
Wortlose Gebete sinken in den Herzensgrund.
Gedanken ohne Denker
fallen wie Nektartropfen
aus dem Herzen des großen Mitgefühls.

Lassen wir es nicht bei Worten,
nicht bei Theorie.
Lassen wir die Worte sprachlos werden
und in der unwandelbaren Stille
der Unendlichkeit des Weisheitsozeans
ertrinken.

Bewusstsein

Lass Begehren so sein.
Entspanne Dich in ihm.
Schau es Dir an,
vollkommen offen,
ohne Urteil.
Wo ist Begehren?

Lass die Wut so sein.
Entspanne Dich in ihr.
Schau sie Dir an,
vollkommen offen,
ohne Urteil.
Wo ist die Wut?

Lass den Schatten der Unwissenheit so sein.
Entspanne Dich in ihm.
Schau ihn Dir an,
vollkommen offen,
ohne Urteil.
Wo ist der Schatten der Unwissenheit?

Lass die Angst so sein.
Entspanne Dich in ihr.
Schau sie dir an,
vollkommen offen,
ohne Urteil,
vollkommen furchtlos.
Wo ist die Angst?

Die Weisen sagen:
„Sei einfach wach, bewusst.
Dann bist Du zu Hause,
wo immer Du bist
und bist Du Selbst,
in allem, was Du tust."

Bewusstsein ist die Fackel,
die die Nacht zum Tag brennt,
die Träume in wahres Sein wandelt
und Gefangenschaft in letztendliche Freiheit.

Das wollen wir nicht verstehen.
Das ist zu einfach!

An den Meister

Deine kostbare Präsenz,
das Strahlen Deines Weisheitsherzens
verbrennt die dicke Kruste der Unwissenheit,
die Trennung schafft,
und zerreißt die endlos wirbelnde Kette
Intellekt-gesteuerter Gedanken.

AH

Und jetzt weiß ich, was alle Bardos* sind:
Lebendiger Ausdruck der Ruhe der Buddhanatur;
Gedanken, die das Gedanken-lose gebiert;
Klang der Stille;
Ausbruch von Elementen aus der Weisheitsnatur;
vibrierende Lichtschwingungen;
strahlendes Farbenspiel, das Form annimmt
und aus Freude tanzt,
sanft oder wild.

Wenn ich das mit den Augen eines Kindes sehe
— unschuldig, frisch und rein —
nicht belastet mit Haben-wollen,

*Existenzbereiche der Geburt, des Lebens, des Sterbens,
der Nachtoderfahrung, der Träume, der Meditation.

sehe ich nichts
als immerwährende, ursprüngliche Einfachheit,
in der alles seinen Platz hat und frei ist
— einfach ist, wie es ist.

Samsaras überwältigender Schmerz
erlöst sich in sich selbst.
Sehnsucht erlischt.
Trauer wird Raum.
Das ist kein Platz für Analyse,
keine Möglichkeit, das zu benennen.

Nicht hören, sondern als Klang schwingen.
Nicht sehen, sondern Sein.

Ich-Bin die trocknen Grashalme
Und die sanfte Brise, die sie wiegt.
Ich-Bin die Bäume und die Tautropfen,
die sie wie funkelnde Diamanten bedecken.
Ich-Bin der gewaltige Felsen und die Hügel dahinter
und der Himmel,
der sie einlädt,
in ihren Ursprung, den endlosen Raum, zurückzutauchen.

Nichts anderes ist der Ursprung
als Dein Weisheitsherz,
geliebter Meister,
das mühelos und ohne Absicht
Liebe pulsiert.

Hier und jetzt bin ich wissend,
doch das Vergessen
wird mich wieder überwältigen.

So erfülle den einen Wunsch,
um die Macht von Geburt und Tod
und aller Traum-gleichen Bardos zu brechen:

Hilf uns allen,
in welcher Form wir auch auftauchen,
unerschütterlich Eins zu sein mit Dir,
zu Haus zu sein in Heimatlosigkeit,
in zeitloser Zeit.

Ich danke Dir, dass Du da bist;
dass Du in der Form von Bergen, Bäumen, Blumen
und emsigen Bienen lehrst;
dass Du als kühlende Brise streichelst,

als Sonnenstrahlen segnest
oder als das linde Gesicht des vollen Herbstmondes,
das unzählige verzauberte Zikaden dazu verführt,
ihren hingebungsvollen Gesang anzustimmen
und die Dunkelheit der Nacht
in ein rauschendes Freudenfest
der Hingabe und des Friedens
zu verwandeln.

Mahamudra in der Praxis

Wellen sind nichts anderes als Wasser. Sie tauchen wieder ins Wasser zurück.
Wolken sind vom Himmel nicht zu trennen. Sie lösen sich wieder in den Himmel auf.
Gedanken sind wie Wellen oder Wolken.
Gefühle sind wie Wellen oder Wolken.
Äußere Erscheinungen, Formen, sind wie Wellen oder Wolken.
Gedanken, Gefühle, Formen sind nichts anderes als der Geist in Bewegung.

Nichts tun.
Nicht manipulieren.
Nicht wollen.
Nicht nicht-wollen.
Nicht folgen.
Nicht festhalten.

Den Fluss der Gedanken, Gefühle, Ereignisse fließen lassen, ganz natürlich, so, wie es fließen will. Es geschehen lassen. Es so-sein lassen.
Aber:
Klar erkennen, was geschieht. Diamantklar.
Dann öffnet sich das wahre Wesen und zeigt sich ohne Hülle: Gott, Buddha, der Lama, die große Perfektion.

Wie die Welle in Wasser zerfließt, wie die Wolke sich in den Himmel löst, so tauchen Gedanken, Gefühle, Formen ganz natürlich wieder in ihren Ursprung ein, wenn wir uns nicht mehr an sie klammern.

* Mahamudra ist eine Meditation, die den Geist selbst zum Objekt hat.

Der Mond im Wasser

Von meinem Adlerhorst hier oben
sehe ich den vollen Wintermond,
der sein schönes Gesicht in einem Teich spiegelt
dort unten in der Ebene, nahe dem Fluss.

Große, helle Stille,
die Nirvanas Frieden strahlt
schaut mich an aus dem Teich.

Plötzlich kommen zwei Enten angeschwommen
— nur so —
und zerteilen das Mondgesicht.
Zerrissene Lichtfetzen überall,
tanzend in den Wellen,
sich teilend,
sich wieder zusammenfügend,
um wieder auseinander zu brechen.
Katastrophe, Aufruhr, Chaos.
Samsaras Verwirrung.

Langsam, langsam beruhigen sich die Wellen,
die Wasserhaut wird wieder glatt.
Lichtstücke sammeln, vereinigen sich,
werden wieder heil
als das sanfte, lindernde Mondgesicht,
so strahlend still und Fried-voll
— bis die Enten wiederkommen…

Doch nichts geschieht dem Mond.
Keine Spur von alldem in seinem makellosen Gesicht.
In aller Zeit bleibt er von dem Geschehen unberührt.
Er trägt in sich das Potenzial für beide Möglichkeiten,
die in Trennung traumgleich er-scheinen;
doch wie schmerzhaft auch Samsaras Wahnsinn
wie friedvoll auch Nirvanas Ruhe,
des Geistes Mond
ist nichts als der Mond.

Die Dakini tanzt

Wild und hemmungslos. Auf der Sonnenscheibe,
die über dem Herzen der Leiche des Egos liegt.

Sonne ist Liebe. Ihr Licht und ihre Wärme nähren
unterschiedslos alle Wesen.
Dieser Liebe erwächst die Dakini* und ist Freude, Hingabe
und ungehinderte Offenheit.

Wütend schwingt sie das Hakenmesser
und zerhackt damit erbarmungslos Begehren und Hass.
Sie hält die Schädelschale, gefüllt mit Weisheitsnektar,
am Herzen. Der Schädel, der den Intellekt hält,
ist ans Herz gerutscht, und Verstand wird zu Vernunft,
zu spontaner Weisheit.
Auf ihrem Kopf grunzt obszön ein Schweinekopf:
Die bewältigte Dummheit.
Auf dem geöffneten Lotos in ihrem Herzen
tanzt ihr Geliebter, Khorlo Demchog.

Die Dakini erwächst der Liebe und tanzt den großen
Freudentanz an das Leben. In ekstatischer Hingabe tanzt
sie und gebiert spontan und unerschöpflich Form. Aus
allen Poren quillt es und sprüht hinaus in den Raum, füllt
ihn an mit Leben, Farben, Formen, Bewegung und Musik.
Liebe gebiert Liebe.

Die Dakini tanzt, und aus dem Ur-Grund, der Offenheit, aus ihr, der Mutter, erwächst der Kosmos, erwächst der Tanz des Lebens, der Tanz der Hingabe und Freude.
Der Kosmos erstrahlt im Licht von Millionen Sonnen und schwingt im Rhythmus seiner Sinfonie.
Und alle Wesen sind durchdrungen von diesem Rhythmus, dem Schwingen der ewigen Musik der Kreativität.
Der Tod, rettungslos verliebt in das Leben, tanzt mit ihm in stürmischer Umarmung den Tango ewigen Seins. Es gibt nichts, das die Harmonie, die Freude, den Rhythmus stören könnte. Ich, Mich, Mein, Mir liegen besiegt am Boden.

Und so tanzt die Dakini seit anfangsloser Zeit bis in alle Ewigkeit.
Einfach, ekstatisch, wild und ungehindert, niemals getrennt von der unfassbaren, unbeschreiblichen, unbegrenzten Leerheit und Offenheit der Ur-Einheit aller Dinge.

Tanze, mein Herz tanze! Dieser berauschende Frühlingstag ist ohne Ende.

* „Himmelstänzerin", die Natur des Geistes in der symbolischen Form eines weiblichen Wesens, das sich in Visionen, Träumen und Meditationserfahrungen offenbart.

Unbegreiflicher Samantabhadra

Lass mich sein wie ein Kristall,
der Dein Licht bricht
in sichtbare Form;
lass mich ein Spiegel sein,
der ohne Urteil und Haften
nur zurückwirft,
was vor ihm erscheint;
lass mich sein wie eine Blume,
die sich Dir öffnet
ohne zu fragen warum;
oder wie eine offene Wunde,
nackend, roh, ausgesetzt,
unfähig, den geringsten Schmerz
der Wesen zu ertragen;
lass mich die Mutter sein,
die alle Wesen liebt
wie ihr einziges Kind;
lass mich Dir dienen
und nur leben für Dich
— ausgeliefert —
so vollkommen durchdrungen und erfüllt von Dir,
dass ich nichts anderes weiß,
als von Dir zu singen und zu zeugen
bis die Zeit ausläuft
und alles sich in sich befreit.

Unberührbarer Samantabhadra,
keine Handlung, kein Wort, kein Gedanke
kann Deine Reinheit jemals beflecken.

Du explodierst als Mitgefühl
und erschienst sichtbar, hörbar, fühlbar
als der Meister ohnegleichen,
der die Verzweiflung stillt,
der den Schmerz beruhigt,
der unseren Stolz zerbricht
und den Pfad lehrt
zur Einfachheit Deines Herzens.

Du scheinst so fern,
doch bist so nah,
so nah,
dass jedes Wort, jeder Name,
der subtilste Gedanke von Dir trennt.

Wir müssen leicht sein,
um Dich zu sehen.
So leicht wie Du,
so licht wie Du,
so rein wie Du,
so vollkommen wie Du.

Wir lassen die Angst
und reißen die Brücken hinter uns ab.
Wir lichten den Anker
und segeln hinaus in die Weite.
Vollkommen nackend und bloß,
in Vertrauen nur gehüllt
gehen wir hinüber zu Dir,
in Dein offenes Herz,
den Grund-losen Grund.

Und wenn wir Dich sehen,
sehen wir nicht.
Wir Sind,
was Du Bist,
waren immer so,
werden immer so sein.

Kostbarer Meister,
wir bitten Dich,
lass uns Dich sehen,
lass es So Sein.

Loblied im Frühling

Du bist das Dunkel der Nacht,
das mit funkelnden Sternen sich schmückt;
das Grauen des Morgens bist Du und seine Röte,
die Geburt der Sonne ankündend,
die dann über dem Berg sich erhebt
und mit machtvollen Strahlen
das nebelklamme Tal durchwärmt.

Du bist das Licht des Tages,
sein Altwerden und sein Versinken
und sein letztes Aufflackern im Abendstern.

Du bist der pralle, kalte Mond
und der alte Baum,
in dessen Geäst er sich verhakt
und auch der Teich im Tal,
der das spiegelt.

Und immer wieder bist Du Nacht,
die mit Eulenrufen lockt,
die mit dunklen Ängsten schreckt
und lautlos fliegt
durch die Herzen der Träumer.

Du bist der Himmel,
der das alles trägt,

der sich schwärzt und graut,
sich rötet und blaut
und sich wieder rötet und schwärzt
und doch immer Himmel bleibt.

Du bist der Schoß des Lebens
als Grotte des Todes,
ewiger Wandel
im todlosen Sein.

Du bist das Veilchen,
das dem raureifen Morgen kühn entgegenblaut,
das Knistern im Ofen,
der singende Kessel
und die Katze,
die die tröstende Wärme zufrieden durchschnurrt.

Du bist der Kristall am Fenster,
der Dein Strahlen so sichtbar
in Form bricht,
in Regenbogenform,
nicht greifbar.

Du bist die steinerne Trinkschale im Moos,
die sie alle gleichmacht in ihrem Durst,

ob Vögel, Katzen, Hunde
oder die Nachttiere, die Stillen.

Du bist die majestätische Ruhe des Bussards,
sein Liegen auf dem Wind
und seine Kreise,
in den Himmel gezeichnet zum Verwehn.

Du bist das Rütteln des Falken,
der in der Luft steht,
als wär' sie aus Stein,
sein lautloser Sturz auf die Erde
als jähes Schicksal der Maus.

Du bist der Jubel der Lerche,
die höher hinaufwill,
und Du bist Der,
der nicht nur das,
der auch ihren Herzschlag hört.

Du bist der Fink,
der sein Lied übt
und die Meise, die ihr's schon kann,
und aus der Brust des Rotkehlchens, des zarten
perlst Du als traurigsüßer Gesang.

Und Du bist die Magnolie in der Mauerecke,
die entgegen jeder Vernunft
die Hüllen hat fallen lassen
und so überwältigend nackt
ihre Gabe der Hingabe
in tausend flammenden Kelchen
zur Sonne hinreckt.
O dass der Frost sie verschone,
sie, die den Verstand verstummen lässt;
denn wie wollte er das noch benennen?
In welche Schachtel könnte er das stecken,
um es zu halten?

Du bist der wundersame Schrei der Kraniche,
so uralt und ewig neu,
der tiefe Ahnungen weckt,
weiß nicht wonach...

Ach ja, der Schmetterling!
Das bist Du!
Die ersten Blüten küssend,
so sorgenlos leicht.
Und das Summen der Bienen,
emsig süßen Nektar suchend,
keine Zeit, keine Zeit.

Du bist das Glitzern des Flusses,
das Grünen der Berge,
der bunte Teppich im Wald
und das Raunen, das Murmeln,
das Singen und Wehn
und der berühmte Duft in der Luft,
der das Blut schäumen lässt.

Du bist die Schnecke,
die Blüten frisst, als wär'n sie Salat
und der Gesell' im Bauch der Erde, der schwarze,
Freund aller Gärtner (!),
der wühlt und gräbt und aufwirft,
was lieber liegenbleiben sollte,
den wir blind nennen,
doch für den Finsternis Licht ist
und Licht Finsternis.

Du bist das grausige Brausen,
wenn Süd- und Nordwind sich streiten,
das Ächzen und Wanken der Bäume,
das beängstigende Rütteln der Hütte,
das Stoßgebet
— und die Stille danach.

Du bist die schwarze Katz,
so geschmeidig und leise
ins Dunkel des Waldes entgleitend,
der Schrei des Gejagten,
sein Sterben, sein Tod,
sein Wiedererwachen im Licht,
sein letztendlicher Retter in Not.

Du bist die Hirschkuh am Abend,
die still steht gegen das Rot,
ihr Schrecken, ihre Flucht
und die Leere dann da,
wo sie gestanden.

Du bist die Ruhe des Abends,
in die das Herz sich weitet,
die Gnade, die hineintropft
und als liebende Güte
es lichtet und wärmt.

Du bist das einsame Herz,
sein fiebriges Sehnen,
gewaltiger, quälender Schmerz,
erlösende Tränen.

Du bist der Meister ohnegleichen,
der morgen da war und gestern ist,
der plötzlich erscheint in der Zeit
und auf starken Armen uns trägt
ins vergessene Land,
zurück,
in sein offenes Herz.
Und Du bist die Liebe des Meisters,
grad wie sie gebraucht wird
und immer dieselbe.

Du bist die Stimme in der Wüste
für den, der sie hört,
wortloses Wort in zeitloser Zeit,
allmächtiger Klang in der Stille.

Du bist mein Lied,
das ins Herz sich Dir legt wie Samt
und das Gebet der Starken,
die ihr Leben verstehn
als liebende Geste an Dich.

Du bist die einsame Hütte
am Rande der Welt
und der Frühling der Sinne,
das Aufbrechen der Kräfte

in dem Flüchtling, der sie bewohnt.

Du bist das einfache Herz
ins große Vergessen gesenkt,
das nichts hat und nichts weiß und nichts will,
das nur Dich sieht und Dich hört und Dich denkt.

Du bist das Dunkel der Nacht
und des Tages Strahlen,
die Wolke am Himmel
und der Wind, der sie treibt;
bist Zeit des Keimens, des Wachsens,
der Reife und des Vergehns,
das Rad des Lebens, das endlos sich dreht.
Du bist Morgenröte und Abendstern,
Erwachen und Entschlummern vereint,
ein Grund-loser Traum,
dem nicht bleibt, was erscheint.

Im Licht der Weisheit, die alles erkennt,
klärt sich das Auge zum Kristall.
Und plötzlich sieht es so klar Dein Geheimnis,
das Wunder der Wunder,
so einfach und nah:
Alles, was ist, ist gut, ist vollkommen.

Denn der Grund,
aus dem Formen und Farben,
Gesänge und Klänge,
Gefühl und Gedanken aufsteigen
ist Liebe.

Und Das BIST DU!

All-Liebe bist Du, schöpfende Kraft,
und doch bist Du nicht.

Du bist das alles-durchdringende
grenzenlos offene Nichts,
das sich als unendliche Vielfalt
liebend verschwendet,

und gleichzeitig bist Du
aus Liebe geschöpfte unendliche Vielfalt,
die das all-gegenwärtige, unberührbare Nichts
in Hingabe durchdringt.

Form in Leerheit — Leerheit in Form,
Sein und Nicht-Sein ewig vereint.

Du bist = ICH BIN

Gesang der Freiheit

Mahamudra ist der Vajra-Gesang der Freiheit, der alle Welten durchdringt und ihre Starrheit zum Schwingen bringt. Die großen Kagyu-Meister vergleichen diese Freiheit mit dem machtvollen Flug des stolzen Garuda-Vogels, der auf den Schwingen von Liebe und Weisheit durch den unendlichen Raum gleitet. Sein Herz ist Hingabe und unerschütterliches Vertrauen in die Weite des Himmels, das auf dem Wissen basiert, dass sie durch nichts zu übertreffen ist. Durch die Macht der Hingabe wird er selbst zum Raum, dem natürlichen Seinszustand, der Buddhanatur.

Wenn man in diesem natürlichen Zustand ruht, wird alles Handeln mühelos, spontan und in jeder Hinsicht präzise und der Klarheit des augenblicklichen Geschehens angemessen. Man lebt ohne Hintertür, ohne „wenn und aber“.

„Wenn und aber“ ist der Verstand. Mahamudra schaltet ihn ab, reduziert die Handlung auf einen klaren Impuls jenseits von gut und böse, richtig und falsch: Auf das, was der natürliche Fluss der Ereignisse augenblicklich fordert, ohne Wertschätzung, ohne Urteil, ohne Spekulation. Es ist egal, wie es ausgeht.
Das ist absolute Freiheit und Einfachheit im Handeln, die die Komplikation millionenfacher kausaler Gedankenketten hinter sich lässt.

Das, was geschieht, ist so, wie es ist.
Das bedeutet, dass derjenige, der in diesem Sinne lebt, furchtlos sein muss. Er muss bereit sein, alles auf sich zu nehmen, ungeliebt oder beliebt zu sein.
Alles kann ihm passieren, es darf keine Rolle spielen. Er kann als Heiliger verehrt oder als wahnsinnig, unverschämt, verrückt verachtet werden und das wechselweise. Aber er hat Vertrauen, da sein Handeln, das auf Liebe und Weisheit basiert, immer angemessen ist, selbst, wenn es von unseren verwirrten Gemütern als falsch interpretiert wird.

Losgelöst von Vorstellungen und Erwartungen, wie das Leben, wie der Gang der Ereignisse zu sein hat, schweift der Garuda furchtlos durch den Raum.
Oh, wie liebt er die Einfachheit, die nur das Hier und Jetzt kennt; wie liebt er den Wind der Freiheit, der ihn nichts festhalten, ihn nirgends halten lässt und so erfrischend seinen Körper umweht!
Er sieht alles. Er hört alles. Er fühlt alles.
Nichts kann ihm passieren.
Er lebt. Ohne Tod. Denn, wenn er kommt, wann immer er kommt, bedarf es nur der Geste der Hingabe, um ihn zu bezwingen.
So, wie er lebt, stirbt er.
So, wie er stirbt, lebt er.
Einfach, offen, weit, klar, vibrierend — frei.